AGNÈS BERTRON-MARTIN

SÉBASTIEN PELON

L'arbre qui fit de Leïla une princesse

À Hervé, qui m'a inspiré la douceur et la bonté de l'arbre
et grâce à qui je ne manque de rien, de rien du tout…
A. B.-M.

Pour Karim, le Simbad du désert,
et Nsenga, griot d'un village de pingouins en Afrique…
Merci à Charlotte et Bénédicte.
S. P.

Père Castor ■ Flammarion

www.editions.flammarion.com

Éditions Flammarion – 87, quai Panhard-et-Levassor – 75647 Paris Cedex 13
ISBN : 978-2-0812-4530-3 – N° d'édition : L.01EJDN000573.N001

Leïla n'est qu'une petite fille, mais, pour Ibrahim, elle est précieuse comme l'eau et la lumière. Elle est le jardin de son cœur.

La femme d'Ibrahim était morte depuis longtemps déjà, et il n'était pas plus qu'un vieux monsieur tout triste quand, une nuit, il a trouvé Leïla devant la porte de sa maison. Elle était là, juste dans la clarté d'une étoile, pas plus grande qu'un agneau, enroulée dans un morceau de toile verte. Pour Ibrahim et pour tous ceux qui vivent comme lui dans ce village aux portes du désert, le vert est la couleur du paradis. Alors cette nuit-là, ému, Ibrahim a pris le bébé dans ses bras. Leïla a aussitôt soulevé les paupières et elle a regardé Ibrahim pour la première fois avec ses yeux en forme d'amande. Et ses yeux aussi étaient verts. Ibrahim a murmuré dans un souffle doux comme le vent du désert :

– Bienvenue, petite fille. Je vais m'occuper de toi et tu ne manqueras jamais de rien. Je t'appellerai Leïla, ma princesse…

Dès le lendemain, Ibrahim ouvre à nouveau la porte de sa maison
pour faire ce qu'il faisait avant la mort de sa femme :
servir du thé à la menthe qui brûle la gorge
et des pâtisseries si sucrées que les dents y restent collées.
Il a retrouvé sa force, son courage et sa joie.
Et tout le village se précipite à nouveau chez lui, comme autrefois.
Ibrahim, heureux, présente sa princesse.
Mais les villageois trouvent l'arrivée de Leïla très étrange.
Ils aimeraient bien savoir d'où elle vient.
Et il n'est pas question qu'ils appellent « princesse » ce bébé de rien du tout.
Ils pensent qu'Ibrahim est devenu fou.
Pourtant, tout le monde est bien obligé d'accepter sa présence dans le village
puisque Ibrahim a décidé de s'occuper d'elle.

Alors Leïla grandit au milieu des poteries d'Hassan
et des chèvres de Moulay.
Et Aïcha, en ronchonnant, lui trouve un bout de tissu coloré
pour lui confectionner une djellaba.
En rouspétant, Sèmi lui coud de nouvelles babouches
au fur et à mesure que ses pieds grandissent.
À chaque fois, Leïla jette ses bras autour du cou
des villageois pour leur dire merci.
Et chaque fois qu'elle les croise, elle leur offre ses sourires et ses mots doux.
Mais les villageois, eux, continuent à se demander d'où vient Leïla.
Ils continuent à se méfier d'elle.
Et ils traitent Ibrahim de vieux fou quand ils l'entendent,
du matin au soir, s'exclamer :
– Vraiment, ma Leïla est comme l'eau et la lumière,
c'est une vraie princesse.

Car dehors, le soleil tape trop fort, l'eau manque,
et le village n'est qu'un petit village pauvre et sec,
aux portes du désert.

Leïla est déjà devenue grande, quand, une après-midi,
à l'heure où la chaleur est si écrasante qu'on peut à peine faire la sieste,
un perroquet entre dans la maison d'Ibrahim, puis dans celle de Sèmi,
puis dans celle d'Aïcha, et ainsi dans toutes les maisons du village.
Et partout, il crie exactement la même chose :
– Pauvres idiots, Coco ! Vous faites dodo, idiots ! Mais moi, Coco, je sais !
Dans le désert, mais oui, il y a un arbre, un arbre magiiiique !
Vous demandez, et il exauce votre souhait !
C'est vvvrai, c'est vvvrai ! Coco le sait !
Pauvres idiots, Coco le sait ! C'est vvvrai, Coco !

Et le perroquet disparaît.

Aussitôt, chacun commence à rêver.
Aïcha aimerait une volière remplie de papillons multicolores ;
Hassan, un cheval pur-sang pour galoper dans le désert ;
Moulay, un grand bassin rempli d'eau fraîche
pour tremper ses jambes fatiguées ;
Sèmi, un grand palmier qui lui ferait de l'ombre, devant chez lui.
– Et toi, Ibrahim, qu'est-ce que tu voudrais ? demande soudain Aïcha.

Dans le secret de son cœur, Ibrahim a la réponse.
Il aimerait que Leïla devienne la princesse de tous les villageois,
qu'ils l'aiment enfin autant que lui.
Mais, comme il ne veut pas avoir l'air d'un vieil idiot
une fois de plus, il dit simplement :
– Moi, je veux ce que veut Leïla. Que veux-tu Leïla ?

Leïla rit :
– Je ne veux rien du tout ! J'ai tout ce qu'il me faut.
Je ne veux ni papillons, ni pur-sang, ni bassin d'eau fraîche, ni palmier.
Grâce à Ibrahim, je ne manque de rien, de rien, de rien du tout.

Les villageois n'aiment pas s'aventurer dans le désert.
Mais les jours passent, et chacun pense de plus en plus fort à son souhait.
Ils finissent par avoir tellement envie qu'ils se réalisent,
qu'un matin, ils prennent ensemble le chemin du désert,
tous, sauf Ibrahim et Leïla.
Ils marchent longtemps, très longtemps et, tout à coup, ils voient l'arbre.

Le perroquet n'a pas menti, l'arbre est là,
avec ses branches comme de grands bras,
son tronc avec un trou au milieu comme une bouche,
et ses feuilles comme des cheveux d'ange.
Ce n'est ni un amandier, ni un cèdre, ni un citronnier.
C'est un arbre comme ils n'en ont jamais vu. Et ça, c'est bon signe.
C'est sûrement parce que c'est un arbre vraiment magique.

Alors ils s'installent au pied de l'arbre.
Hassan chantonne en faisant des gestes immenses avec ses bras :
– Arbre magique… je voudrais… un pur-sang… s'il te plaît…

Aïcha flatte l'arbre :
– Toi, le plus bel arbre parmi tous les arbres de la Terre !
Toi, le plus fort, le plus précieux, donne-moi des papillons dans une volière.

Moulay se tortille timidement et, en bafouillant, il dit :
– Tu comprends, il fait si chaud que je vouvou…
que je voudrais un baba… un bassin avec de l'eau fraîche.
L'eau fraîche, ça fait dudu… ça fait du bien.

Et Sèmi promet à l'arbre de lui fabriquer de belles babouches
pour ses branches, en échange du palmier de ses rêves.

Ils attendent, mais l'arbre ne bouge pas, ne parle pas.
Aucun signe ne vient du ciel bleu et brûlant, ni du sable d'or.
Les villageois finissent par rentrer chez eux.
Et, en chemin, ils pressent le pas car ils se disent
qu'ils auront peut-être la surprise de trouver les papillons, le pur-sang,
le bassin et le palmier devant leur maison.

Mais quand ils arrivent… Rien !

Cette nuit-là, Leïla est réveillée par un murmure :
– Leïla, Leïla, que veux-tu ? Je suis l'arbre du désert, l'arbre magique, et j'exaucerai ton souhait…

Leïla sent sur son visage les feuilles de l'arbre, douces comme des cheveux d'ange, qui caressent sa joue.
Elle sourit dans la nuit :
– Je ne savais pas qu'un arbre pouvait être si doux et si gentil, mais vraiment merci, je n'ai besoin de rien.

Et Leïla se rendort jusqu'au matin.

La nuit n'a fait qu'attiser la colère des villageois.
– Cet arbre, il n'est même pas magique,
c'est un arbre de rien du tout ! dit Hassan.

Leïla s'écrie :
– Mais si, il est magique ! Ses feuilles sont venues jusqu'à moi,
et j'ai entendu sa voix. Il m'a demandé ce que je voulais.
– Comment ? s'étonnent les villageois. L'arbre t'a demandé
ce que tu voulais ? Et qu'as-tu répondu ?
– La vérité, explique Leïla. J'ai répondu que je n'avais besoin de rien.

Les villageois sont furieux contre la petite fille :
– Pauvre idiote, pauvre sotte ! Tu aurais pu demander mes papillons !
lui lance Aïcha.
– Ou mon pur-sang, continue Hassan.
– Pauvre bique, pourquoi n'as-tu pas pensé à demander mon bassin ?
s'énerve Moulay.

Sèmi empoigne fermement Leïla :
– Tu vas venir avec nous et tu vas demander à l'arbre
tout ce que nous voulons. En route !

Leïla se débat.
Le vieil Ibrahim s'interpose, mais tous les villageois le repoussent.
Ils tirent Leïla par les bras et par les jambes, par les cheveux
et par les oreilles. Ils l'emmènent de force dans le désert.
Et le vieil Ibrahim ne peut pas les en empêcher.
Alors, il court derrière eux.

Les villageois jettent Leïla au pied de l'arbre.
Aussitôt, les feuilles de l'arbre viennent caresser la joue de la petite fille.
Et d'une voix douce, l'arbre demande :
– Petite fille, que veux-tu ?

Leïla, en tremblant, répond à l'arbre :
– S'il te plaît, protège-moi des villageois.

Aussitôt, l'arbre se penche, il prend Leïla dans ses branches...
et il l'avale par ce creux en forme de bouche qu'il a au milieu de son tronc.
Les villageois sont furieux :
– Ah, non, cet arbre ne s'en tirera pas comme ça !
Puisqu'il est vraiment magique, il finira bien par nous obéir,
sinon nous l'arracherons !

Et les villageois frappent l'arbre de leurs mains et de leurs pieds.

Quand Ibrahim, essoufflé, arrive, il les supplie :
– Laissez cet arbre tranquille.

Mais les villageois ne l'écoutent pas, ils secouent l'arbre
de toutes leurs forces en exigeant :
– Mes papillons !
– Mon pur-sang !
– Mon bassin !
– Mon palmier !

Soudain, les branches de l'arbre se mettent à vibrer un peu, beaucoup, terriblement ;
et un papillon, puis deux, puis des dizaines, des centaines s'en échappent,
et ils foncent sur Aïcha.

Puis l'arbre se met à gronder un peu, beaucoup, terriblement ;
et un pur-sang, puis deux, puis des dizaines, des centaines arrivent
en galopant du fond du désert, et ils foncent sur Hassan.
Tous les villageois ont pris leurs jambes à leur cou.
Ils regagnent le village pour se réfugier dans leurs maisons.

Mais le sol devient humide sous leurs pieds ;
et l'eau que Moulay avait tant désirée ruisselle dans le sable.
Et le ruisseau devient un torrent, et le torrent devient un fleuve.
Et le fleuve charrie un, puis deux, puis des dizaines, des centaines de palmiers.
Les villageois sont en grand danger.

Ibrahim, lui, est resté contre le tronc de l'arbre.
Quand Leïla sort la tête, il la prend dans ses bras.
Leïla n'a rien à craindre ni pour elle, ni pour Ibrahim.
Mais quand elle voit les villageois en danger, des larmes coulent de ses yeux.
Aussitôt, l'arbre demande :
– Que veux-tu, petite fille ?

Leïla répond :
– S'il te plaît, sauve-les ! Ils ne sont pas si mauvais.
C'est juste qu'ici, le soleil tape trop fort et que l'eau manque.
Le village n'est qu'un petit village pauvre et sec.

Et Leïla pousse un immense soupir.
L'arbre demande à nouveau :
– Que veux-tu donc, petite fille ?

Et Leïla répond :
– Donne aux villageois ce qu'ils demandent,
et tu verras qu'ils ne sont pas si mauvais.

Aussitôt, l'eau disparaît dans le sable, mais pas toute.
Aussitôt, les chevaux se dispersent dans le désert, mais pas tous.
Aussitôt, les palmiers sont réduits en sable, mais pas tous.
Aussitôt, les papillons rejoignent l'infini bleu du ciel, mais pas tous.

Alors Leïla se jette contre l'arbre avec ses bras grands ouverts.
Aussitôt, l'arbre demande :
– Que veux-tu donc, petite fille ?
– Je ne veux rien, rien de rien du tout,
je veux juste te dire merci pour tant de joie !

Et Leïla reste longtemps à serrer l'arbre contre son cœur
comme si elle savait ce qui l'attendait...

Quand les villageois arrivent chez eux, ils ne reconnaissent pas leur village !
Leur village est devenu une oasis luxuriante.
Hassan, Moulay, Aïcha et Sèmi ne disent pas un mot,
ne font pas un geste, comme devant un miracle.

Alors dans un souffle, doux comme le vent du désert,
l'arbre les touche de ses feuilles comme des cheveux d'ange, et il leur dit :
– J'ai exaucé les vœux de Leïla. C'est elle qui a voulu que vous soyez sauvés.
Et c'est elle qui a voulu que je vous donne ce que vous désiriez.

Le soir commence déjà à tomber
quand Ibrahim et Leïla rentrent
tranquillement au village.
Ils sont accueillis par des rires
et des larmes de joie.
Leïla n'est qu'une petite fille
mais, pour tous, elle est devenue
précieuse comme l'eau et la lumière.
Elle a changé leur cœur en un jardin.

Tous l'acclament comme une princesse.

Au moment où Ibrahim comprend que son vœu secret s'est réalisé, une étoile se lève.
Et sa clarté vient baigner la nuit la plus paisible qu'on ait jamais connue aux portes du désert ;
une nuit paisible au-dessus d'une oasis verte comme le paradis.
Pendant que loin, là-bas, un arbre sourit…

Imprimé en France par Pollina S. A. – 85400 Luçon – 12/2010 - L55444
Dépôt légal : janvier 2011
Loi n° 49-956 du 16 juillet 1949 sur les publications destinées à la jeunesse